# DISCOURS

## PRONONCÉS

## DANS L'ACADÉMIE

## FRANÇOISE,

Le Jeudi 22 Janvier M. DCC. LXVII.

### *A LA RÉCEPTION*

## DE M. THOMAS.

### *A PARIS,*

Chez **REGNARD**, Imprimeur de
l'Académie Françoise.

## M. DCC. LXVII.

M. THOMAS ayant été élu par Mef-
fieurs de l'Académie Françoife, à
la place de M. HARDION, y vint
prendre féance le Jeudi 22 Janvier
1767, & prononça le Difcours
qui fuit.


# MESSIEURS,

La plûpart de ceux que vos fuf-
frages ont appellés parmi vous,
vous ont apporté des titres pour

ainsi dire étrangers. En adoptant ces Hommes célebres, vous fixiez leur réputation, mais vous ne l'aviez point fait naître. Pour moi je m'honore de n'apporter ici que des titres que je vous dois. Je suis votre ouvrage, MESSIEURS. S'il m'étoit permis un jour d'aspirer à quelque gloire, c'est vous qui m'en avez ouvert la route. Mon œil reconnoît les lieux où vos suffrages ont encouragé ma jeunesse. Mon cœur, avec plus de transport, reconnoît parmi vous, ceux qui m'ont dirigés par leurs conseils & qui m'honorent de leur amitié. Vous récompensez donc en moi vos propres bienfaits, MESSIEURS; & je

reſſemble à ces Soldats Romains,
qui, pour obtenir un nouveau gra-
de dans les armées, offroient aux
Généraux, pour gage de leur va-
leur, les javelots & les couronnes
que ces Généraux même leur avoient
plus d'une fois données ſur les
champs de bataille.

Le premier devoir qu'impoſent
les bienfaits, c'eſt de s'en rendre
digne. Mon zele ſera le garant de
ma reconnoiſſance. Aſſocié à vos
Aſſemblées, MESSIEURS, j'obſerve-
rai de plus près votre génie. A votre exemple, je tâcherai de rendre
mes travaux utiles ; car vous pen-
ſez que les talents ne ſont rien s'ils
ne ſervent au bonheur de l'huma-

nité. Permettez - moi de m'arrêter
fur cet objet. Je vais confidérer un
moment avec vous l'Homme de
Lettres comme citoyen. Dans un
fujet fi étendu, je ne choifirai que
quelques idées ; je parle devant
vous, Messieurs ; & le fouvenir de
tout ce que vous avez fait, fup-
pléera à tout ce que je ne pourrai
dire.

Au moment où l'homme eft
éclairé par la raifon, quand fes lumieres commencent à fe joindre à
fes forces, & que l'ouvrage de la
Nature eft achevé, la Patrie s'en
empare ; elle demande à chaque
Citoyen, que feras-tu pour moi ?
Le Guerrier dit, je te donnerai

mon sang ; le Magistrat, je défendrai tes Loix ; le Ministre de la Religion, je veillerai sur tes Autels, un Peuple nombreux, du milieu des atteliers & des campagnes, crie, je me dévoue à tes besoins, je te donne mes bras ; l'Homme de Lettres dit, je consacre ma vie à la vérité, j'oserai te la dire. La vérité est un besoin de l'homme ; elle est sur-tout un besoin des Etats ; tout abus naît d'une erreur. Tout crime, ou particulier ou public , n'est qu'un faux calcul de l'esprit. Il y a un degré de connoissances où le bien seroit inévitable. Pour hâter ce moment, il faut hâter les lumieres. Ceux qui gouvernent les

hommes , ne peuvent en même-
temps les éclairer. Occupés à agir,
un grand mouvement les entraîne,
& leur ame n'a pas le temps de s'arrêter fur elle-même. On a donc éta-
bli , on a protégé par - tout une
claffe d'hommes dont l'état eft de
jouir en paix de leur penfée , & le
devoir de la rendre active pour le
bien public, des hommes qui, fé-
parés de la foule , ramaffent les lumieres des pays & des fiecles , &
dont les idées doivent , fur tous les
grands objets , repréfenter pour ainfi dire à la Patrie les idées de l'efpece humaine entiere. Voilà , Messieurs, la fonction de l'Homme
de Lettres Citoyen. L'utilité en fait

la grandeur. Elle demande un génie profond, une ame élevée, un courage intrépide. Elle suppose un sentiment plus tendre & la vertu la plus digne de l'homme, le défir du bonheur des hommes. J'aime à me peindre ce Citoyen généreux méditant dans son cabinet solitaire. La Patrie est à ses côtés. La justice & l'humanité sont devant lui. Les fantômes des malheureux l'environnent; la pitié l'agite, & des larmes coulent de ses yeux. Alors il apperçoit de loin le Puissant & le Riche. Dans son obscurité, il leur envie le privilege qu'ils ont de pouvoir diminuer les maux de la terre. Et moi, dit-il, je n'ai rien pour les soulager;

je n'ai que ma penſée ; ah ! du moins rendons-la utile aux malheureux. Auſſi-tôt ſes idées ſe précipitent en foule ; & ſon ame ſe répand au dehors.

Il peint les infortunés qui gémiſſent. Il attaque les erreurs, ſource de tous les maux. Il entreprend de diriger les opinions. Il s'éleve contre les préjugés, non pas contre ces préjugés utiles qui ont fait quelquefois la grandeur des Peuples, & qui ſont un reſſort pour la vertu, mais contre ces préjugés honteux qui, ſans élever l'ame, rétréciſſent la raiſon, & aſſerviſſent l'eſprit humain pendant des ſiecles à des erreurs héréditaires. Il remue ces ames indolentes & froides, qui, gouvernées par l'habitude, n'ont jamais fait un pas qui n'ait été tracé, qui ne connoiſſent que des uſages & jamais des principes, pour qui c'eſt une raiſon de plus de faire le mal, lorſqu'il ſe fait depuis des ſiecles. Il combat cette prévention contre les nouveautés utiles, cette ſuperſtition politique qui s'attache invinciblement à tout ce qui n'a que le mérite d'être ancien, & proſcrit le bien même qui ne s'eſt pas encore fait. Citoyens, leur dit-il, tout ſe perfectionne par le temps : le temps ſouleve lentement le voile qui couvre les vérités. Il en laiſſe échapper une ou deux pour chaque ſiecle.

Voulez-vous repousser les présents qu'il fait à l'homme ? Voulez-vous détruire le plan de la Nature ? Les mœurs changent : les besoins d'un siecle ne sont pas ceux d'un autre. Osez-donc admettre tout ce qui sera utile. Que parlez-vous de nouveauté ? Tout ce qui est bon est de tous les âges : tout ce qui est vrai est éternel.

Tels sont les sentiments & les vœux de l'homme de Lettres Citoyen. Tous ceux qui comme lui sont animés du même zele, travailleront sur le même plan. Chaque partie des travaux littéraires correspondra à une partie des travaux politiques. L'Homme d'Etat a besoin de l'expérience des fiecles : que parmi les gens de Lettres, il y en ait donc qui s'appliquent à l'Hiftoire, mais qu'ils vous imitent, MESSIEURS; qu'ils ne fe traînent pas fur des évé-nements ftériles; qu'ils offrent le tableau raifonné des Gouvernements & des Nations. Qu'ils fixent ces grandes époques qui font comme des hauteurs où l'on découvre une vafte étendue de faits enchaînés l'un à l'autre. Qu'ils nous expliquent comment une feule idée d'un hom-me de génie a quelquefois changé un fiecle. La légiflation occupe l'Homme d'Etat. Quel fera l'Hom-me de Lettres digne de le précéder ou de le fuivre? S'il en eft un, qu'il se livre à l'étude des Loix, qu'il y porte cet esprit étendu & libre, qui ne voit rien par les préjugés, & cherche tout dans la Nature ; qui s'éleve au dessus de tout ce qui est, pour voir tout ce qui doit être ; qui dans chaque cause voit les effets, dans chaque partie l'ensemble, dans le bien même les abus. Qu'il cherche comment on peut rendre les Loix simples à la fois & profondes, leur donner du poids contre la mobilité du temps, leur imprimer sur-tout ce caractere d'unité qui fait tout partir d'un principe, dirige tout à un but, de toutes les Loix ne fait qu'une Loi. Tandis qu'il méditera sur la législa-tion, que d'autres creusent les fondements de la morale, de la politique, de la fcience du commerce, de celle des finances ; qu'ils cherchent dans les fillons, & les tréfors des Princes, & la grandeur des Peuples. Ainfi les idées fe multiplient, & de toutes les lumieres difperfées il fe forme une maffe générale de lumieres. Alors vient l'Homme d'Etat : il defcend de la hauteur où il eft placé, & promene fes regards fur ce vafte dépôt des connoiffances publiques. C'eft le génie qui éclaire, mais ce font les ames fortes qui gouvernent. Le Philofophe, par fa vie obfcure, doit mieux juger les chofes que les hommes. L'Homme d'Etat exercé par les événements, accoutumé à voir les projets se choquer contre les paſſions, à sentir les réſiſtances, à trouver des grains de ſable qui arrêtent les mouvements d'une roue, occupé tantôt de réſultats qu'on ne peut bien voir que d'où il eſt, tantôt de détails que l'homme qui médite ne dévine point, l'Homme d'Etat seul choiſira dans la foule immenſe des idées tout ce qui peut s'appliquer aux beſoins du Gouvernement & de la Patrie.

La gloire de l'Homme qui écrit, Messieurs, eſt donc de préparer des matériaux utiles à l'Homme qui gouverne. Il fait plus; en rendant les Peuples éclairés, il rend l'autorité

plus

plus sûre. Tous les temps d'ignorance ont été des temps de férocité.
L'empire de celui qui commande,
n'est alors que l'empire de la force.
Alors il se fait un choc continuel
d'un seul contre tous. C'est alors
que le sang coule, que les Trônes
se renversent, que des pouvoirs ri-
vaux s'élévent. C'est alors le temps
des grandes impostures qui trom-
pent les Nations & les siecles, des
maximes qui arment les Peuples
contre les Rois, & les Rois contre
les Peuples. Alors on ne connoît ni
les fondements des Loix, ni les rap-
ports de la Nation avec le Souve-
rain, ni le bien, ni le mal, ni le
remede, ni l'abus. Le Peuple insen-

fé & barbare eft à chaque inftant prêt à égorger l'Homme d'Etat qui veut lui être utile, & qui ofe lui préfenter un bien qu'il ne conçoit pas. O vous qui calomniez les lumieres, voilà le tableau de l'ignorance. Mais chez un Peuple éclairé, la force du pouvoir n'eft pas dans le pouvoir même; elle eft dans l'ame de celui à qui l'on commande. Plus on connoît la fource de l'autorité & plus on la refpecte. On adore dans la Loi, la volonté générale. On fe foumet à des conventions d'où doit naître le bonheur. L'Homme altier fait qu'en obéiffant il facrifie une portion de fa liberté pour conferver l'autre; l'Homme avare, que l'impôt qu'il paye eſt le garant de ſa propriété ; l'Homme robuſte & méchant, qu'il ne ſeroit plus que foible & malheureux, s'il ne mettoit ſes forces en dépôt dans la maſſe publique. Les lumieres apprennent qu'il n'y a dans l'Etat qu'une Loi, qu'une force, qu'un pouvoir ; elles adouciſſent les mœurs & ôtent aux ames cette activité inquiete & féroce, qui oſe tout parce qu'elle ne prévoit rien.

Auſſi, MESSIEURS, les grands Hommes d'Etat ont-ils toujours protégé la Philoſophie & les Lettres. Ils ont regardé comme le bienfaiteur de la Patrie, le Citoyen qui contribuoit à étendre ſes connoiſſances. Mais je ne puis le diſſimuler,

Messieurs, cet état si noble a ses dangers. La vérité ressemble à cet élément utile & terrible qu'il faut manier avec prudence, qui éclaire, mais qui embrase, & qui peut dévorer celui même qui ne s'en sert que pour le bien public. Le jeune Homme vertueux & simple, & dont le cœur honnête conserve encore toutes les illusions du premier âge, croit imprudemment qu'il est toujours permis d'être utile, & se livre sans défiance au doux sentiment qui l'entraîne. Souvent même la vérité lui inspire une ardeur généreuse. Alors l'enthousiasme s'empare de son ame ; ses idées s'élévent ; ses expressions s'animent ; il croit pouvoir

mener la vérité en triomphe, & bri-
ser les barrieres qui se trouvent sur
son passage. Vaine erreur d'un cœur
séduit ! Tout s'arme ; les passions
s'irritent, l'orgueil menace, l'intérêt
combat, l'envie s'éveille, la calom-
nie accourt ; alors la vérité s'enfuit,
& ne laisse dans le cœur flétri de celui qui l'annonçoit, que le sentiment
triste & profond de son imprudence
& du malheur des hommes. Pour
l'intérêt de la vérité même, il faut
l'annoncer sans fanatisme, comme
sans foiblesse. Que son langage
soit donc simple & touchant comme
elle. Qu'elle ne cherche point à
étonner ; qu'elle ne parle point aux
hommes avec empire ; qu'elle n'in-

fulte pas même avec dédain aux erreurs qu'elle combat. Elle a déjà affez de tort d'être la vérité ; qu'à force de douceur elle mérite qu'on lui pardonne. Qu'elle fe défende fur-tout de cette impatience du bien, qui en eft la plus dange-reufe ennemie. Regardons la Na-ture. Rien ne s'y fait par fecouffes, ni par des fermentations précipi-tées. Tout fe prépare en filence. Tout fe mûrit par des progrès infenfibles & lents. Ainfi la vérité agit. Jettée au milieu d'un Peuple, elle y travaille d'abord en fecret. Elle mine fourdement les opinions. Elle fe gliffe à travers les préjugés. Elle s'infinue comme les eaux qui se filtrent sans être apperçues, & déposent lentement à travers le limon, les germes de fécondité qu'elles portent. Un jour viendra que toutes ces eaux éparses & souterreines pourront enfin se rassembler, & rouleront avec bruit sur la terre. Que dis-je ! un jour viendra peut-être où de tous les points de l'Univers les Hommes réuniront leurs travaux, & où toute la force de l'entendement humain développé sera par - tout appliquée au grand art des Sociétés. Quel spectacle présenteroit alors le globe de la terre ! L'Amérique, l'Afrique & l'Asie éclairées comme l'Europe, toutes les Villes florisfantes, toutes les Campagnes fécondes, les déferts peuplés, les Gouvernements fages, les Peuples libres, les Chefs heureux du bonheur de tous, le concert & l'harmonie admirable de tout le genre humain, & la terre digne enfin des regards de Dieu. O douce & fublime efpérance ! O la plus touchante des illufions ! Quoi, cette idée fi confolante ne feroit-elle donc qu'un vain fonge ! Quoi feroit-il donc vrai que par une loi éternelle l'ignorance dût toujours couvrir une partie de la terre, femblable à la mer qui fait lentement le tour du globe, & qui à mefure qu'elle fe retire &

découvre à l'œil de nouveaux pays, inonde & engloutit fucceffivement les anciens ? Si tel eft le malheur de l'humanité , fi l'Ecrivain dans fes travaux ne peut fe propofer un but fi vafte , il en eft un du moins qu'il ne perdra jamais de vue , c'eft le bonheur de fa Nation , c'eft la gloire d'étendre les lumieres dans fon Pays , en perfectionnant les mœurs.

Différentes caufes, Messieurs, agiffent continuellement fur les mœurs des Peuples ; le Gouvernement qui donne une impulfion générale ; les Loix qui en fervant de frein, dirigent les habitudes ; l'exemple des Chefs , efpece de légiflation fondée fur la foibleſſe & l'intérêt ; le commerce qui mêle les Nations & les vices ; le climat, force toujours active & toujours cachée ; enfin le plus puiſſant des reſſorts, la Religion qui pénétre où les Loix ne vont pas, juge la penſée, éternife dans l'idée de Dieu le bien comme le mal. Mais chez une Nation où le goût des Lettres eſt répandu, l'eſprit général de ceux qui l'éclairent, peut & doit auſſi influer fur la partie morale.

Il eſt fur-tout, il eſt un pouvoir qui diſtingue l'Homme de génie & le grand Ecrivain, c'eſt celui d'attacher fon ame à fes Ecrits, de peindre sa penſée avec ces expreſſions brûlantes qui font le langage de la perſuaſion & le cri de la vérité : alors le ſentiment qu'il a ſe communique, il pénétre, il embraſe ; le cœur palpite, les traits changent, les larmes coulent, l'ame portée hors d'elle-même ne ſent, ne vit, n'exiſte plus que dans l'ame de l'Ecrivain qui l'anime & qui lui dicte avec empire tous ſes mouvements. Quel uſage, MESSIEURS, fera-t-il d'un pouvoir ſi noble & preſque divin ? La vertu le réclame. Elle parle à ſon cœur. Elle lui dit : ton génie m'appartient. C'eſt pour moi que la Nature te fit ce préſent immortel. Etends mon empire fur la terre. Que l'homme coupable ne puiſſe te lire ſans être tourmenté ; que tes Ouvrages le fatiguent ; qu'ils aillent dans ſon cœur remuer le remords ; mais que l'homme vertueux, en te liſant, éprouve un charme ſecret qui le conſole. Que Caton prêt à mourir, que Socrate buvant la cigue te liſent, & pardonnent à l'injuſtice des hommes.

Docile à cette voix, MESSIEURS, ſon cœur enflammé tracera tous les devoirs que la nature & la morale nous impoſent. Heureux qui pour les peindre, n'a qu'à deſcendre dans ſon cœur ! Heureux l'Ecrivain qui dans la douceur de la vie domeftique peut épurer fon ame, dont la maifon eft le fanctuaire de la Nature, qui tous les jours peut aimer ce qu'il honore, qui tous les jours peut ferrer dans fes bras une mere qui répond à fes careffes, & dont la vieilleffe ado-rée n'offre aux yeux du fils qui la contemple, que l'image des vertus & le fouvenir attendriffant des bienfaits ! C'eft parmi des devoirs fi tendres que fon ame fe forme aux devoirs fublimes de Citoyen. C'eft-là qu'il apprend à écrire pour fon Pays. Malheur aux Ecrivains mercénaires qui trahiroient la caufe de la Patrie & de l'humanité ! Malheur fur-tout à ceux qui aviliroient les ames ! Ils feroient les lâches complices de la corruption de leur fiecle. L'amour des Loix, la fainteté de la Juftice, le zele éclairé dans les Magiftrats , les dévouements généreux dans la No-bleffe , voilà les objets dignes d'être préfentés à la Nation. Ainfi Dé-mofthene troublant le fommeil de fes Concitoyens , les rappelloit fans ceffe à leur ancienne grandeur. Il eft vrai que le poifon fut fa ré-compenfe ; mais il n'eût point mérité la gloire d'avoir retardé la chute de fa Patrie , fi en mou-rant il n'eût remercié les Dieux.

Parmi nous, MESSIEURS, & par la conftitution de l'Etat ,

l'Homme de Lettres n'eſt point appellé à diſcuter de grands inté-rêts en préſence des Peuples. Il ne parle point aux Citoyens aſſem-blés. Il ne peut confier ſon ame qu'à des Ecrits, interprétes muets de ſes ſentiments. Il faut donc qu'un but moral anime tous ſes Ouvra-ges. Il faut que ceux même qui paroiſſent n'avoir d'autre objet que l'agrément, parlent encore à la raiſon, & que le plaiſir même paye un tribut à l'utilité publique. C'eſt par-là, MESSIEURS, que le théâtre bien dirigé pourroit avoir la plus grande influence ſur le caractere moral des Nations. C'eſt-là que le ſentiment ſe communique par des fecouffes promptes & rapides, & que les impreffions profondes qu'on reçoit fe fortifient encore par le nombre de ceux qui les partagent, femblables aux flots de la mer, qui précipités par l'orage, pefent les uns fur les autres.

L'Hiftoire, par des moyens différents, produira encore les mêmes effets. L'Hiftoire eft un appel que la vertu fait à la poftérité. L'Hiftorien prononce les jugements de l'univers, non plus de l'univers foible & corrompu, de l'univers efclave, mais de l'univers libre & jufte pour qui tout difparoît hors la vérité. Qu'après avoir flétri les vices, fon cœur

vienne

vienne se reposer sur la touchante image des vertus. Ainsi Tacite peignoit Burrhus à côté de Néron : ainsi fatigué de malheurs & de crimes, las de peindre ou des tyrans ou des esclaves, il réservoit pour le charme & la consolation de sa vieillesse l'heureux tableau des vertus de Trajan. Ainsi parmi vous, Messieurs, ceux qui transmettront à la postérité les événements de ce Régne, aimeront à s'arrêter sur l'ame de votre auguste Protecteur. Dans un Roi ils peindront un homme ; ils peindront la sensibilité dans la grandeur, l'humanité dans la toute puissance, l'amitié même sur le Trône. Ils peindront cette bonté qui repousse la crainte, & ne laisse approcher que l'amour, ces détails de bienfaisance pour tous ceux qui l'entourent, besoins toujours nouveaux d'un cœur toujours sensible. Ils feront voir cette humanité appliquée aux Peuples dans ces crises violentes où les Etats se heurtent & se choquent ; le Chef d'une Nation guerriere, ami de la paix ; un Roi ennemi de cette fausse gloire qui séduit tous les Rois ; dans les guerres nécessaires, le calcul du sang des hommes mis à côté des espérances & des projets ; dans un jour de triomphe, les larmes d'un vainqueur sur le champ de bataille ; dans la paix l'agriculture encouragée, le Laboureur levant fa tête affoiblie, ofant enfin regarder la richeffe ; & l'or englouti trop long-temps par les artifans du luxe, refluant par le commerce des grains vers la cabane & les fillons du Pauvre.

Ces détails de la bonté des Rois intéreffleront toujours l'Homme de Lettres Citoyen, qui aura le bonheur de les peindre. Quel état, Messieurs, que celui où par devoir on doit être toujours l'interpréte de la morale & de la vertu ! Mais pour être digne de la peindre, il faut la fentir. Le véritable Homme de Lettres eft donc vertueux. Son ame eft pure, fa probité auftere. Tout ce qui agite les autres hommes, n'a point d'empire fur lui. Il ne court point après les récompenfes ; la fienne eft dans fon cœur. Si les richeffes s'offrent à lui, il s'honore par leur ufage ; fi elles s'éloignent, il s'honore par fa pauvreté. Souvent même il dédaigne la fortune qui le cherche. Un Roi* appelle Socrate à fa Cour ; & Socrate refte pauvre dans Athènes. Dans le monde, fimple & fans fafte, il parlera aux hommes fans les flatter comme fans les craindre. Il ne féparera point le refpect qu'il doit aux titres, du refpect que tout homme fe doit. Il fait que la dignité des rangs eft à un petit nombre de Citoyens, mais que la dignité de l'ame

_______________

* Archelaüs, Roi de Macédoine.

est à tout le monde, que la premiere dégrade l'homme qui n'a qu'elle, que la seconde éleve l'homme à qui tout le reste manque. Si la fortune lui donne un bienfaiteur, il remerciera le Ciel d'avoir un devoir de plus à remplir. A ses ennemis il opposera le courage & la douceur, à l'envie le développement de ses talens, à la satyre le silence, aux calomniateurs sa vertu. La vertu dans un cœur noble se nourrit par la liberté. Il sera donc libre ; & sa liberté sera de n'obéir qu'à l'honneur, de ne craindre que les Loix.

Ces sentimens sont les vôtres, MESSIEURS ; c'étoient ceux de l'Académicien estimable à qui j'ai l'honneur de fuccéder. A la Cour où l'Homme de Lettres eft quelquefois fi déplacé, il fut toujours ce qu'il dût être. Renfermé dans fes travaux, il vécut fans intrigue. Il fe tint à une égale diftance & de la fierté qui peut nuire, & de la baffeffe qui avilit. Il crut comme vous que les connoiffances ne devoient fervir qu'à orner la probité, que la gloire des mœurs eft encore préférable à celle des talents, que le génie peut-être a droit d'étonner les hommes, mais que la vertu feule a droit à leurs hommages. Nourris de la lecture des Anciens, il y avoit puifé ce goût moral auffi néceffaire à l'Ecrivain qu'à l'homme, & cette fimplicité antique fi louée de nos peres, dont nous parlons encore, mais que nous ne fentons plus, & que notre luxe peut-être n'a pas moins éloignée de nos écrits que de nos mœurs. Ce fut cette fageffe de caractere qui lui mérita l'honneur d'inftruire des perfonnes Royales, en achevant de cultiver leur efprit par le goût & leur raifon par l'Hiftoire. Par cet honorable emploi, Messieurs, l'Homme de Lettres s'acquitta envers la Patrie des devoirs de Citoyen; car fi les lumieres font utiles aux Etats, c'eft fervir la Patrie que de répandre le goût des connoiffances autour des Trônes. Peut-être même l'exemple des auguftes Princeffes auxquelles il eut le bonheur de rendre fes travaux utiles, a contribué parmi nous à diffiper en partie ce préjugé barbare qui défendoit à la plus belle moitié du genre humain de s'éclairer. Peut - être c'eft à elles que nous devons en partie l'ufage qui commence à s'établir de rapprocher par l'éducation, des ames qui fe reffemblent par leur nature ; ufage que le préjugé combat encore, mais que la raifon autorife & qui multipliera parmi nous le nombre de ces femmes inftruites fans vanité comme fans fafte, qui font aimer la raifon qu'elles embelliffent, & joignent le doux empire des lumieres à l'empire non moins touchant de la beauté & des mœurs. C'est dans ces vues si sages, Messieurs, c'est en même temps pour obéir à des Princesses dignes de s'instruire, que mon Prédécesseur a composé le plus grand nombre de ses ouvrages. C'est pour elles qu'il a tracé ce tableau de la Mythologie ancienne ; objet intéressant pour le Philosophe même, parce que sous le voile des allégories & des fictions, il y retrouve le berceau du monde, l'invention des arts, l'origine des opinions, l'esquisse, pour ainsi dire, des premiers traits gravés dans les ames humaines, & dont

plufieurs ne font point encore ef-
facés par les fiecles. C'eft dans les
mêmes vues qu'il entreprit de tra-
cer un tableau plus étendu & plus
vafte, celui d'une hiftoire univer-
felle qui devoit embraffer toute la
fuite du genre humain, depuis la
naiffance du monde jufqu'à nous;
tableau immenfe où tout ce qui a
exifté dans tous les points de l'ef-
pace, fe preffe fous un feul de
nos regards, où nous tenons à la
fois dans nos mains les deux extré-
mités de la chaîne du temps, où
un feul homme voit d'un clin
d'œil les Etats s'élever, fe choquer
& tomber, où l'on ne marche
qu'au bruit de la chute des Empires.

M. Hardion, Messieurs, dans
tous ces ouvrages utiles, se défen-
dit avec sévérité tout ornement. Il
vouloit que les mots ne fussent que
l'expression & jamais la parure de
la pensée. Son style eut la mode-
stie de sa personne. Il sut se dé-
fendre, & de cette espece de force
qui trop souvent touche à l'excès,
& de cette rapidité qui en pres-
sant trop les objets les confond,
& de cette finesse qui supprime
trop d'idées intermédiaires pour en
faire deviner d'autres, & de cette
profondeur pénible qui affecte d'en-
fermer dans une pensée le germe
de vingt pensées. Il s'élevoit sur-
tout contre ce luxe de l'esprit qui

n'aime à jouir de ſes richeſſes, qu'en les prodiguant. Dans ce ſiecle, il eut le courage de la ſimplicité. Il fut ſage, voilà ſon caractere; il voulut être utile, voilà ſa gloire.

C'eſt cette idée d'utilité, Messieurs, que ne perdront jamais de vue tous ceux qui auront l'honneur d'être admis parmi vous. C'eſt elle qui préſida à votre établiſſement. Votre inſtitution fut preſque une inſtitution politique. Richelieu, après avoir reſſerré l'Eſpagne, abaiſſé l'Autriche, ébranlé l'Angleterre, raffermi la France, vit qu'il ne manquoit plus à la grandeur de ſa Nation que les lumieres;

il vous fonda, Messieurs. Peut-
être cette ame altiere & grande,
& qui avoit le befoin de com-
mander aux Hommes, fentant que
le fardeau de l'Etat échappoit à fes
mains affoiblies, fut-elle flattée en
fecret de l'idée de diriger encore
les efprits, quand il ne feroit plus.
Après lui c'eft le Chef de la Magi-
ftrature qui vous adopte, & qui
place les Lettres à côté des Loix,
tout près du Sanctuaire de la Juftice. Enfin je vous vois adoptés
par le Chef fuprême de l'Etat, par
ce Roi dont toutes les vues furent
élevées, qui à de grands événements mêla toujours un grand caractere, qui par fes fuccès fit la

gloire de fon pays, qui par fes revers fit la fienne, plus grand fans doute lorfqu'en mourant il avouoit fes fautes, que lorfque fes flatteurs & fon fiecle l'enivroient d'éloges qu'il eût tous mérités peut-être, s'il n'avoit eu le malheur de les entendre. Ces noms fameux nous rappellent nos devoirs. Un grand Homme d'Etat pour Fondateur, nous avertit que les Lettres doivent être utiles à l'Etat ; le fouvenir du Chancelier Seguier, que l'harmonie doit régner entre les Lettres & les Loix ; le nom des Rois pour protecteurs, que diftingués comme Citoyens, nous devons l'exemple du zele à la Patrie.

Si je jette les yeux fur vos faftes, Messieurs, je retrouve dans tous les temps parmi vous, cet efprit de vos Fondateurs. Je vois que tous vos grands Hommes ont été utiles. A leur tête je vois ce Corneille qui ouvrit au génie une école de politique, & à l'ame une école de grandeur; Bossuet qui inftruifoit les Rois & qui en étoit digne ; Fénelon qui le premier à la Cour ofa parler des Peuples. Plus près de vous, Messieurs, je vois cet Homme célebre, qui fut votre Confrere & votre ami, le Législateur des Nations, & dont le livre bien médité peut-être pourroit retarder la chute des Etats. Au milieu de vous & dans cette Affemblée,

je retrouve le même ufage des mêmes talents ; l'Hiftoire qui parle encore aux Peuples & aux Rois ; la
Philofophie tranquille & fage qui fait
le dénombrement des vérités & qui
en crée de nouvelles ; les orages des
grandes paffions mis fur le théatre à
côté de nos ridicules ; nos mœurs
peintes ; nos devoirs ou difcutés avec
profondeur ou déguifés fous des fictions riantes ; les arts embellis par le
charme des vers ; les principes du
goût analyfés ; le tableau immenfe
de la nature tracé ; l'art de commu-
niquer la penfée par la parole per-
fectionné ; l'éloquence aux pieds des
Autels & dans les Tribunaux ; les
Lettres confacrées à la politique, à

la

la guerre, aux intérêts d'Etat, à l'é-
ducation des Princes; & sur votre
liste, Messieurs, un Homme qui
du fond de sa retraite sera toujours
par son grand nom présent parmi
vous, qui le premier a mis sur notre
théâtre la morale sensible, comme
Corneille y avoit mis la morale rai-
sonnée, qui n'a employé l'art des
Homeres que pour combattre la ty-
rannie & la révolte, & dont presque
tous les ouvrages ne sont que le cri
d'une ame sensible & forte qui réclame partout pour le bonheur des
hommes, la sûreté des Rois & la
tranquillité des Etats.

Attirés par votre gloire, Messieurs, les titres viennent se placer

D

parmi vous à côté des Lettres. Je vois les premiers Hommes de l'Etat & de l'Eglise satisfaits ici de l'honneur d'être vos égaux. Je vois dans ce moment à votre tête l'héritier d'un grand nom, & dont l'éloge est dans le cœur de tous ceux qui m'environnent.

Pour moi, MESSIEURS, dernier Citoyen de cette illustre République, je n'apporte ici aucun de ces grands talents qui vous honorent. Je n'ai à me vanter à vos yeux d'aucun ouvrage qui ait influé sur mon pays & sur mon siecle. Je ne songerai même jamais à vous disputer cette gloire ; elle est trop au-dessus de ma foiblesse. Mais il en est une que

j'oſerai partager avec vous; c'eſt celle de la vertu & des mœurs ; c'eſt
de ne rien faire, c'eſt de ne rien
écrire dans le cours de ma vie, qui
ne puiſſe m'honorer à vos yeux & à
ceux de mes compatriotes. Voilà
mon premier ſerment, MESSIEURS,
en entrant dans cette illuſtre Com-
pagnie. Si j'y manque un inſtant,
puiſſe ce Diſcours que je viens de
prononcer devant vous, & qui eſt
l'interpréte le plus fidele des ſentiments de mon ame, s'élever contre
moi & m'accuſer au yeux de mon
ſiecle & de la poſtérité.

*Réponse de M. le Prince LOUIS DE ROHAN , Coadjuteur de Strasbourg, au Discours de M. THOMAS.*

# MONSIEUR,

M. le Comte de CLERMONT devoit, en sa qualité de Directeur, présider à l'Assemblée d'aujourd'hui, mais le dérangement de sa santé l'empêche de s'y rendre. Je me trouve donc chargé de tenir sa place, & sur-tout d'être l'interpréte de ses regrets & de ses sentiments inaltérables pour l'Académie. Ceux dont je suis moi-même pénétré pour elle, me rendent cette fonction chere, & ce ſentiment me facilite le moyen de m'en acquitter.

Le Public qui vient de vous en-tendré, MONSIEUR, applaudit, & comme votre juge, & comme le nôtre, aux ſuffrages qui vous ont appellés parmi nous. Vous venez vous - même d'expoſer vos titres avec autant d'énergie que de vérité. Quand on remplit avec diſtinction les devoirs de ſon état, on en parle toujours dignement. Une ame ſen-ſible ſe pénétre des objets vers leſ-quels ſon goût l'entraîne, & les fait aimer par la chaleur avec laquelle elle ſait les préſenter. Apelle intéreſ-ſoit en parlant de ſon Art, & Ci-ceron, en faiſant le portrait de l'Orateur, pouvoit-il n'être pas éloquent?

En peignant l'Homme de Lettres Citoyen, vous n'avez eu, MONSIEUR, qu'à exprimer les sentiments gravés dans votre cœur. Vous vous êtes sur-tout attaché à faire envisager les Lettres sous leur rapport avec le bien public. Il est beau sans doute d'étendre les lumieres de son siecle, & d'en perfectionner les mœurs ; mais ce rôle intéressant & sublime n'est confié qu'à ces hommes rares pour qui l'Etre Suprême a réservé les dons du génie. Les Lettres ont un mérite moins éclatant, mais plus universel, celui de faire le bonheur de ceux qui les cultivent.

Le goût des Lettrés, dit l'Orateur Romain, eft propre à tous les temps & à tous les âges. La jeuneffe y trouve l'aliment de fon activité, la vieilleffe l'oubli des biens qu'elle a perdus, & le foulagement des maux qui l'affiegent. Le favori d'Augufte s'arrachoit fouvent au tumulte des affaires & aux troubles de la Cour pour venir refpirer auprès de Virgile & d'Horace. L'Homme d'Etat envioit dans ces moments le fort de l'Homme de Lettres, & le Courtifan avoit quelquefois befoin d'être confolé par le Philofophe.

Le Sage ne connoît ni le vuide, ni le cruel ennui de foi-même; il fait le prix du temps, & l'emploie à cultiver en paix, les Lettres & fa raifon. Il ne s'expofe ni à l'orgueil du crédit qui veut protéger, ni à l'orgueil du crédit qui s'irrite de ce qu'on le dédaigne. La vérité fait fon étude & fa force. Il s'eft formé avec la chaîne de fes penfées un caractere de grandeur & d'immobilité que rien n'ébranle & que rien n'altere. Toujours calme au fein même des orages qui le menacent, il plaint les perturbateurs fans les craindre ni les braver : & tandis que tout s'agite ou fe bouleverfe autour de lui, fon ame tranquille fe livre aux douceurs de l'étude & jouit des confolations de la vertu.

Vous avez des droits, MONSIEUR, & à la gloire que donnent les Lettres, & au bonheur qu'elles assurent. L'Académie, en vous accordant ses suffrages a voulu récompenser des talents utiles, & couronner des vertus connues. Des Prix remportés avec éclat, des applaudissements mérités, l'heureux talent de la Poëfie réuni à celui de l'Eloquence, l'estime publique, celle des gens de Lettres, tout follicitoit pour vous la place honorable que vous occupez aujourd'hui. Une louable émulation excitée par l'Académie, a fait connoître vos talents, dans ces monuments durables que vous avez élevés à la mémoire de tant de grands Hom-mes. Vous avez fait plus : par l'en-thoufiafme avec lequel vous en avez parlé, vous avez fait connoître vo-tre cœur. Une ame médiocre ne conçoit pas aifément les vertus fu-blimes ; & fi elle veut les peindre, elle les affoiblit.

Enfin, Monsieur, je dirois volontiers que nous avons cru en-tendre la voix de ces grands Hom-mes que vous avez loués, s'élever en votre faveur, & nous dire : „ Il „ nous a peint comme s'il eût vécu „ auprès de nous & avec nous. Il a „ parlé de nos travaux comme s'il „ les eût partagés lui-même. Il nous „ a jugés comme nous demandons

„ que la postérité nous juge. Notre
„ gloire est devenue la sienne, puis-
„ qu'il a su la célébrer.

Il vous falloit tous ces titres, MONSIEUR, pour nous consoler de la perte que nous venons de faire. L'Académicien estimable que nous regrettons, cultiva les Lettres avec succès ; il en recueillit la gloire, & fut heureux par elles. Il les fit aimer à la Cour, & y inspira le goût de l'étude à d'illustres Princesses qui savent unir à l'éclat du rang & des vertus le mérite de la culture de l'esprit. M. HARDION porta dans sa conduite la simplicité noble qui fait le caractere de ses Ecrits. Cette simplicité si louable eft peut-être la feule reffource des grands Ecrivains depuis que les rafinements de l'Art femblent épui-fés. Rien de plus rare, mais auffi rien de plus beau que l'accord du naturel & du fublime, de la no-bleffe & de l'aménité.

Vous nous montrerez, MONSIEUR, cet heureux accord. Une imagination hardie & féconde a caractérifé les premiers effais de votre plume énergique & brillante. Ces premiers Ouvrages annonçoient en vous le germe de ce talent fi précieux que la nature donne, il eft vrai, mais qui fe perfectionne par la réflexion & par l'étude ; je parle de ce goût fage & épuré qui empêche le génie de s'égarer dans son effor, & qui le contient dans les bornes du naturel & du vrai. L'Académie a vu avec fatisfaction ce goût s'accroître en vous par degrés. Et , dans ce Poëme fi défiré où marchant fur les traces de Virgile & d'Homere , vous avez de grandes paffions à mettre aux prifes avec de grands obftacles, les refforts d'une politique fublime à développer & à faire mouvoir , les mœurs d'une Nation nouvelle à peindre , toutes les fineffes de l'art à cacher fous les traits du génie créateur ; le Public attend que tout y fera fubordonné aux regles du goût , & que la févere critique y applaudira comme au chef-d'œuvre de vos talents perfectionnés. Ainſi lorſqu'une plante vigoureuſe a jetté avec ſurabondance ſes premieres productions, la ſeve ſe calme, & l'arbre conſervant toujours la même vigueur, ne ſe couvre de fleurs que pour donner autant de fruits.

www.ingramcontent.com/pod-product-compliance
Ingram Content Group UK Ltd.
Pitfield, Milton Keynes, MK11 3LW, UK
UKHW022313120726
13694UKWH00004B/1413